양철지붕을 끌고 다니는 비

양철지붕을 끌고 다니는 비

지은이 · 이명열
펴낸이 · 유재영
펴낸곳 · 주식회사 동학사

1판 1쇄 · 2020년 11월 30일
출판등록 · 1987년 11월 27일 제10-149

주소 · 04083 서울 마포구 토정로53 (합정동)
전화 · 324-6130, 324-6131 | 팩스 · 324-6135
E-메일 | dhsbook@hanmail.net
홈페이지 | www.donghaksa.co.kr
www.green-home.co.kr

ISBN 978-89-7190-755-9 03810

※ 이 책은 2020년도 충청남도 천안문화재단 에서 사업비 일부를 지원받아 제작되었습니다.

양철지붕을 끌고 다니는 비

이명열 시집

■ 시인의 말

"저녁 뭐랑 먹어?"
– 먹을 것도 없고 베란다 풀 뜯어 먹어
"맛있겠다."

맛있다는 말을 언제 쓰고 들었는지 모르겠다.
그래도가 있어서 어느 날,
풀이나 뜯어 먹으러 가자고 할 때까지
기꺼이 당신으로 살아지기를…

2020년 겨울
이명열

양철지붕을 끌고 다니는 비
이명열 시집

01 시처럼, 나는

02 낯선 저녁

03 꽃 진 자리

04 시간 위를 걷다

01

시처럼, 나는

이다음에 나는

머리가 좋아서
상추씨 뿌리기 좋은 날도 잘 고르고

힘이 좋아서
내가 한 대를 맞고 오면 두 대를 때려주마
부질없어지는

처가에 입고 갈 옷이 없다고
징징대는

땡감 같은 남자 하나
화분에 심어 두고 들며나며 웃어주는

속 깊은 화분이 되고 싶다

그릇의 탄생

항아리 하나를 그리는 일이
항아리 하나 빚는 일보다 오래 걸리다니

손으로 빚고 치댄 흙의 살결이
며칠을 손가락에 휘감겨도
잡히지 않는 항아리의 형상,

작은 단지 하나
본을 뜨듯 수없이 긋고
지우고 다시 긋는다

잡히지 않을 것 같던 기울기,
창 쪽에서 들던 빛에
둥그렇게 말았던 몸이
반대쪽으로 천천히 펴진다

그릇은 흙으로 만들어지지 않는다
마음을 옮기는 사물의 중심에서
작은 그림자가 큰 그림자로 일어서는 일

자꾸만 무너지는 한 형상에 대하여
치대다 놓은 점토의 질량에 대하여
한번쯤 다시 생각해 보는 것이다

허공을 허물다

바람의 길을 따라 달래가 올라온다
땅 속으로 땅 속으로 내리던 철지난 희망 따위가
다시 연둣빛 세상을 꿈꾼다

오랫동안 날을 세우고 살아온 손은
땅의 품으로 칼을 박는 일쯤 익숙하다
안간힘 쓸 때마다
손끝에 잘려 나오는 불거진 줄기는
기억의 밭을 헤집고
슬픔의 형질대로 다져졌을 마음의 두둑을 허문다
벼루어진 가슴으로는 캐낼 수 없는
땅속 알리신의 허리를 잘라내며
끝내 손금에 고이지 않는 감각으로
봄을 달뜨게 한다

굵어지지 않는 달래의 허리에 매달린
산 꿩의 목이 쉰다

3월 첫날

마당 가득 눈이 쌓였다
문밖으로 길을 내며
간밤에 네가 다녀갔을 길을
되짚어본다

소매 끝에 붙어있던 실오라기
여며두었던 솔기 같은 것
눈을 쓸어내지만 너는 보이지 않고
이내 무거워진 빗자루는 옴짝도 못한다

봄이 오는 길목에서
백지로 돌리자는 저 속내
고무래를 들어 밀어내본다

눈이 쌓인 봄날 아침

싸리꽃처럼 하얀 시간

사월 담장아래
냉이꽃이 하얗게 피었습니다
사람의 어제도 꽃피울 수 있는 거라면
별금자리나 광주리나물 꽃처럼
화려하게 자리 넓히지 않아도
곧잘 자라는 오래된 멍울들
혹, 꽃이 될까
숨소리 작아집니다

당신이 어디쯤 오고 있는지
혹은 가고 있는지 더듬어 보다가
잠이 드는 봄 밤
잠 속에서 당신이 창문을 두드리다 가고
아침을 불러 놓고야 물러나는 기척에
밟혀진 풀처럼 흐트러진 머리
손가락 빗질로 하루를 쓸어내리는
부질없음 속에도
싸리꽃처럼 하얀 시간을 기다리는
봄 밤이 갑니다

새벽은 귀가 어둡다

틀어진 문짝처럼 아귀가 맞지 않는 꿈을 베낀다

새벽 싸락눈은 까치발로 오시고
깨어있는 것은 나뿐이 아니어서
어느 집에선가 물소리 건너오는데
나는 또 그 소리가 내게 건네는 안부라도 되는 듯
밤새 뒤척이던 등짝이 한결 개운하다

늑간은 늘 잠의 바깥을 맴돈다

어떤 비밀번호로도 열리지 않을 것 같던 새벽을 연다
수묵 담채화 한 폭 펼쳐지는 중이다

이미 그친 싸락눈 소리가 종소리처럼 길게 사라지고
유리창 속에는 숙면을 가장한 얼굴 하나

웃는 듯, 우는 듯

아무 일도 없었다

너는 생각으로 내게 오고
내 안에만 오면 금세 다시 태어날 걸
이슥토록 저로 인해 목 메이는 줄 알면서
저도 참는 것이 눈에 보여, 매끈한 살결 위로 진땀 흐르고
두 눈 질끈 감아본다

타는 속 거머쥘 것도 저 뿐인 걸
날 새면 털고 일어나, 입에 재갈 물리고 말 걸
숨 한 번 몰아쉬고
그런데 무슨 재주로 병마개를 딸까

밤은 옅어만 간다
목까지 차오른 너
거둘 생각은 멀어지고
뒹굴거나 몸부림치거나

술 없는 속에도 술국이 시원하다

꽃길

운동장을 질러가는 길
신발이 아삭아삭 얼음과자를 먹는다
누군가 따라오는 듯하여 돌아보면
소리는 가슴살에 고약처럼 좋아 들고
지병인 듯 저려오는 발
흔들흔들 이쯤 어디로 내려야 할까

살을 대끼던 꽃 가슴
내려놓지 못하고 몇 밤을 건넜는데
이깟 아침을 지나지 못하고
엉덩이 한쪽이 뻐근토록
복사꽃 생채기 더 트면
네가 지나간 발자국마다
꽃잎 한 점

얼어버린 마음을 밟는 소리
물비린내로 살아 오르고
운동장 한 가운데서 출렁거리는 아침

우라노스

한 쪽은 가리고 다니라는데
그는 얼굴을 훤히 내 놓고 다녔습니다

바라보는 것도 아까워
눈을 감을 수밖에 없었습니다

내 살이 모란꽃 봉오리 같다는 그는
제 손이 봄 풀 같은 줄 모르는 사람이었습니다
불에 그슬린 내 속눈썹에
그를 위해 다스린 아침 이슬을 바릅니다

우거지를 떡잎이라 우길 줄 아는 그는
우라노스*입니다
우긋한 마음의 텃밭 한 뙈기에
물줄기 자박이면
낯익은 꽃잎을 찾아 볼 일입니다

---

* 우라노스 : 그리스 신화의 1세대 하늘의 신. 땅의 신 가이아의 남편이자 크로노스이 아버지이자 제우스의 할아버지

새라는 비밀이 사는 숲이 있다

실내화를 샀다
마루에 내려놓고
발자국 옮길 때마다
새가 따라다니며 운다
같은 소리로 울어본 적 없는 새는 지금쯤
졸업앨범 속 어디쯤에서 울지 않는 새가 되었을 것이다

기름걸레로
물걸레로
청소기로 밀어 부치는
아주 오래 전에 놓인 이 복도를
아직도 나무로 알고
발길마다 울음을 잊지 않는 새는
지금껏 이 숲에서
또 다른 새들의 목소리를 엿듣던 그 새였다고

숲이 등을 대고 나란히 누워있는

긴, 복도 끝

장판을 걷어내며

세상의 모든 바닥을 갈아엎고 싶은 날이 있다
입에서 튄 밥풀처럼 떨어진 한 마디에
내가 나를 안고 쓸어 덮었던 자리를 걷어 낸다
오랜 바닥을 까발리고 둘둘 말아 걷어낸다

구석구석 수북한 먼지 혹은 귓속말
내가 너에게 준 식지 말라던 뜨거운 시간
형체 없는 것들이 더욱 또렷한 저녁이다

나무인 듯 아닌 듯 옹이까지 흉내 내는 새 장판을 깐다
새로 깐 자리위에 자리를 깐다
그렇다고 천장에서 별이 쏟아지는 것도 아니고
밤에 해가 드는 것도 아니다
바닥은 그저 바닥이어서
흔한 빗소리가 들리는 것도 아니었다

두어 뼘 장판이나 걷어내며
흘리듯 버리듯 던진 우중충하다는 말
정말 믿었던 걸까

문양을 맞추지 않아도 자리가 되는 차가운 바닥
그 위에 새순처럼 열매처럼
울긋불긋 밥풀을 묻히고 커피를 쏟으며
다시 그 얼룩을 무늬라고 부르는 저녁이 올 것이다

비누

천원에 세 개
나도 값나가게 팔리고 싶어

한 때는 속눈썹까지 비추던 옥수수 식용유였어
자반도 뒤집어 봤고
새우도 튀겨냈고
샐러드에 뿌려지는 마요네즈로
네 식탁 위에 올려지는 나를 꿈에서 보다가
타오르는 나를 알아버렸지
뜨거울수록 기다림은 그저 기다림일 뿐

타오르다 남은 내게도 할 일이 있어
가성소다 진하게 뒤집어쓰고
문 닫아 걸고 두부판 위에서 굳어지고 있어
더 이상 꿈 꿀 밤은 없는데
칼질이나 깨끗이 당해 두부보다 반듯하게 잘려져야지

나는 네 손에 쏙 들어갈 만한 재활용 비누이고 싶어
문적문적 닳아가며
네 속내까지 깨끗이 빨아내고 싶어

개와 늑대의 시간

해가 진다

내게 피는 것들은 모두 꽃이어서
어둠은 가장 큰 꽃이다
사물이 흐려져 피아彼我의 흐름이
몽롱한 저물녘
비로소 보이는 평온

가장 먼 것을 만져보는 빈 손끝
굵은 등뼈가 휘청일 때마다
보이지 않는 힘을 주었을 이파리들

한때 살아있거나
꽃이었을 뜨거움도
저물거나 이울어 갈 것이다
대지 위 몇 겹의 주름으로
철없이 기울어 갈 것이다

개와 늑대의 시간처럼

소묘

천안역을 지난 장항선 기차가 숨을 내려놓는 사이
도시의 모습이 사라지고
구불거리던 논두렁을 지나면
저수지마다 가라앉은 가을 나무에
물고기들이 알을 슬러 오르는지 바람이 멈칫 물러선다
그래그래, 순전히 가을 때문이다

밭머리마다 무청이 별나게 푸르고
깡똥하게 묶은 배추허리로
뒤늦은 정적이 지나더라도
그래그래, 이 가을을 지키는 것은
빈 짚단들도 서로 등을 기대고
시월 들녘을 견디기 때문이다

메주콩 삶는 연기가 나즈막히 마당을 기웃거리면
나뭇가지 사이로 드러나는 까치집에도 햇살이 머무는데
내일쯤 하얗게 내릴 무서리에
멀리 돌담을 지키던 늙은 감나무가
오늘밤은 불을 달고 가을을 지킨다는데

품고 온 가을 산을 꺼내
조용히 내려놓자
가을을 지키는 것은
낮게 가라앉은 바람이거나
하루를 부리고 돌아서는 발자국인 것을

마른장마

모두에게 흔한 것이
내게는 귀하게 느껴질 때
가령, 쇼 호스트의 손에서 나비처럼 팔랑이는 봄옷이
내 옷장에는 없다는 걸 깨달을 때

삐득삐득 말라가는 지렁이가
보도블럭 위를 기어갈 때

기다리던 네가
끝내 오지 않고 날이 저물 때

울음이 속으로
타 들어 갈 때

너도 없는데 눈앞에서 불이 번쩍 할 때

폐경

붉은 신호등에 잠시 속도를 줄인 줄 알았는데 시동이 꺼지고 말았다

다시는 기다리지 말라는 전갈인 줄도 모르고 자꾸 부르릉거리고, 비닐봉지 안에 속옷 여러 벌이 버스럭거리며 싹을 틔웠다

탕진한 것이었을까, 매달 기다리는 일도 없이 들끓는 통증이 꽃이었다는 걸, 잠시 반짝일 거라는 걸, 내 몸이 지어내는 더운밥이 간곡할 거라는 걸

더운 김이 빠져 나간 그리운 골격 엔진은 그렇게 겉돌기 시작했다. B컵으로 사는 동안 교만하고 까칠하기만 했을까. 그러니까, 몸과 꿈 사이에는 무엇이 살긴 살았던 것일까

A컵으로 살자면 겸손하고 아둔해질까, 치수를 잃은 헛것이 손바닥에서 금세 꽃잎 환하게 다시 필 것도 같은데

봄, 그리고 가을이라니

02

낯선 저녁

봄을 마신다

"겨울이라고 다 죽은 건 아녀"
2월 냉이는 꽃 피는 보약이라던 손이
밭고랑 비닐 한 겹을 걷어낸다
월동배추는 사과 대신 이거나 소고기 대신 먹는다고도
했다
TV속 남해 어느 마을 밭고랑이 누운 소 같기도 하다가
겨울 내내 휘갈겨 쓴 서간체로도 보이는
배추 고갱이를 베어 무는 손과 귀가 푸릇푸릇 자라나는 봄

다시 화면은 통영 바닷가 사람들
일 년에 한 번씩 먹을 수 있다는 말똥성게 톳 전에
바짝 침이 마른다
잠깐 바람처럼 다녀올까
그때마다 수 만 년 전에 나를 다녀가신 당신을 찾아간 듯
저 바닷가 단단한 바위 그늘에 눈길 간다

봄,
마시다 둔 술병이 기웃기웃 마음을 훔친다

감정의 햇살이 나를 비껴갈때

Ⅰ

나는 원고지에서 태어났다

말이 지워진 날, 몸을 잘 짜서 원고지 붉은 감옥으로 밀어 넣는다 구부리고 웅크려 더 많은 동작을 몸에 흡수해야 한다

키 만큼의 매트에 누워 잠속에서도 비워보지 못한 생각을 비우면 매트는 잘 맞춘 棺이 된다

몸이 더 멀어질 것 같은 염려증으로 다가 간다 이 순간이 오늘이고 나이다

Ⅱ

한 시간의 몰두가 시계를 본다. 오! 나의 사바아사나* 생각대로 벌어지지 않는 가랑이 꺾이지 않는 허리 지구를 들어 올리지 못하는 짐승의 자세가 지루할 때쯤 죽음을 연습할 기회가 온다 등을 대고 누워 두 다리를 머리 위로 넘긴다 꺾인 목을 지나가야 하는 들숨 날숨이 헉헉댄다 허리를 받쳤던 손목이 죽은 나뭇가지처럼 차갑다 치솟았던 시간과

---

* 사바아사나sava asana : 시체처럼 누워서 몸과 마음의 경직을 푸는 요가의 마지막 자세

생각들이 달궈진 핏줄로 흘러든다 위장복통, 고혈압에 좋은 자세라고 조금 더 버티면 분노가 내려앉을 거라는데, 참으면 된다는 조건이 있긴 하다

Ⅲ

피그미 코끼리 한 마리 호숫가에 누웠다. 혹사시켰던 코와 다리를 내려놓고 경직의 톱날을 살짝 접는 것, 감정의 햇살이 나를 벗어날 때까지 일지정지 버튼을 누른다

빨간 구두

심장 쪽으로 손을 찔러 본다
빨간 구두 아직 거기 있는지

멈추지 않는 춤과
식지 않은 핏빛 연애를 위해
스물이거나 서른의 아침을 꺼내고 싶다

새끼를 내야하는 암소와
쟁기 보습 같던 아버지는 더 안쪽에 두고

빨간 구두를 찾아내고 싶다
구름 위를 걸을 수 있고
멈추지 못해 발목 꺾이는 연애에 닿을 수 있는

빨간 구두를 찾아가는 밤마다
몸속으로 들어가 문을 잠근 스물 서른은
별일 아니라고 마음을 타이른다

찾아내지 못해도
거기 남아있는 것들을 안다

혼자 붉었다 사그라지는 얼굴을 네게 보내고 싶다

쪽빛보다 더

– 인해 수학여행 가다

그래, 인해는 내 딸이다
벼르고 별러 오진 생일을 만들어 준
인해는 2월에 내게서 분리되었다
내 몸 어디라도 제 손에 닿기만 하면
매달리는 아이
목 팔 다리 머리카락까지,
발가락을 꼼지락거려가며
그것을 지탱하다보면
그만해 소리가 울컥거리지만

오늘은 인해가 없다

치댈 일도 없고 힘 줄 일도 없는데
여전히 무거운 팔다리
어쩌자고 인해 탓을 했었는지
무거운 것은 보이는 것이 아니었고
하루를 밀고 당기던 내 바퀴
무거워 쓰러질 뻔 했더라도
네 무게가 아니었단다

쪽빛보다 더 쪽빛인
그래, 인해는 내 딸이다

금전수

자리를 옮긴다는 건 풀도 바람도
서럽거나 힘겨워서

토분을 헤집는 굵고 연한 줄기를 움켜쥔
이파리 여럿 기를 쓰며 올라온다
버팀목에 끈을 걸어 세우니
우두둑 소리를 내며 딸려오는 것이
틀어졌던 허리가 펴지는 듯하다

강인한 내 아이
녀석도 자리를 잡으려면
윤기 나는 이파리 꺼내들고
먼 땅에 비척거리며 일어설 거라
지레 겁을 먹으며 돌아서는데

사람을 얽어서 화초처럼 키우더니
화초도 사람처럼 키우나는 눈총이
온몸으로 박히는 저녁

하루

벌써 몇 시간째 미끼만 물어간다
미끼도 바닥나고
낚이지 않는 내일이
잡힐 듯 퍼득거리는 물고기 소리를 따라 다닌다

물에 뿌리내린 것들은 죄다 한 통속이어서
부들, 마름, 좌대
그리고 찌

희망은 다 같은 종의 잔뿌리를 가졌다

저수지가로 떠밀려온 부패한 삶과 마주 한다
좌대라도 탔으면 몇 마리 잡았을 것 같은
뒤늦은 후회가 후줄근하다

남들이 다 차지하고 남은 저수지 귀퉁이
겨우 차지한 물푸레나무 아래
그늘은 바람이 부는 대로 어룽거려
놓아버리면 그만인 삶처럼 주변을 돈다

지렁이에게 재 뿌리기

근본이 깊은 산골 출신인 내게도
지천으로 살아 꿈지럭거리는 지렁이는
아무리 봐도 눈 질끈 감기는 흉물이었다
신발짝을 들추면 통통 불은 국수 가락이 꾸물거렸다
비만 오면 흙바닥이 들썩들썩 하던 진터 언덕배기
시도 때도 없이 비명을 앞세우던 나 때문에
농사에 휘둘리던 아버지 눈자위가 점점 붉어졌다

땡볕에 꾸덕꾸덕 말라가는 지렁이를 밟은 후로
고구마 줄기를 말리다가도
검은 콩에 달려 온 콩 줄기에도
화들짝 물러앉았다
그런 밤이면 그물처럼 엮인 지렁이 장막에서 허우적이기
도 했다

어느 날 느닷없이
깐 밤에게 이마를 맞았을 때
이마에 붉은 지렁이 한 마리 그어졌다
깐 밤 속에도

벌레가 살고 구렁이가 살았다
어쩌랴, 내 이마에도 지렁이가 살고 있었다

재를 뿌리면 죽는다는 비밀을 누설하던
어머니는 내게 늘 은밀했는데
지렁이도 깐 밤도 없는 그런 세상에 대해서는 아직 듣지
못했다

다시 장마

누군들
장마에 찾아온 볕을 마다할까

노점상 천막 아래
제법 굵어진 소리에 빈손을 눈치 챈다
그냥 걷기에는 버거운 시간
허리로 엉덩이로 비에 감긴다
천막을 벗어난 푸성귀를 추스르는 엉덩이에 핀
푸른 몽고반점도 까마득한 그것들을
이리저리 쓸어내리며
살아 있지 않는 것이 어디 있다고
비에 튀어 올라 온 시장 통의 악다구니가
비릿하게 살아 오르는
장마

금새 물꼬를 트는 빗물위로
오래된 먼지들이 허옇게 길을 만든다
실핏줄도 도랑으로 길을 내는 속성
삽시간에 제 길 인양 만나는 것마다 적신다

허리춤
비라고 우기는 그것이
오래전 흘러내린 땀이었다고
비보다 먼저 선득해지는 등줄기
저 장마 속으로 뛰어들고 싶다

상추

빵보다 무딘
호미 날을 벼루어
손바닥만한
밭을 간다

밭 보다 큰 상추씨 세 개
심어놓고
밤새 키웠더니

상추 그늘이
봉서산을 덮는다

밥 껍데기

초등학교 3학년 병기는
읍에서 나눠준 쌀과 밥통으로
끼니를 연결하며 가끔씩
떠오르는 엄마의 분내를
삼뱅이 저수지에 물비늘로 씻어냅니다

한 여름 땡볕에나 차지가 오는 그네에 걸터앉아
급식 식단을 꼬깃꼬깃 외우는 아이
한 번만 안아보자고 조르면
숨 막혀 싫다는 아이에게
마른 젖을 물리고 싶습니다

색 바랜 은행잎처럼
창밖을 기웃거리던 아이는
중식지원 인수증에 제 도장을 찍으며
'나 밥 껍데기 먹고 싶어요'
삼일씩 먹는다는 위대한 전기밥솥도
못 만드는 그것을

낮달이 저 만큼서 못 본 척 합니다

그리운 가을이라고 쓴다

한 번도 만난 적 없는
지리산 자락으로 스며든 내가 민망해서
죄 없는 쑥부쟁이 꽃이나 꺾어보다가
산 그림자에 걸려 엎어졌을 때 그 집이 보였다

아직 사람의 입김이 식지 않은 듯
마당 귀퉁이 봉숭아 몇 포기 하냥 붉은데
부릴 곳을 찾지 못한 짐짝처럼 허둥대는 등 뒤에서
뜨거운 목소리 들린다
고구마 밭을 들쑤시는 멧돼지를 쫓고 온다는데
뒤집어 진 것이 고구마 밭뿐이겠는가
들숨 날숨이 지리산을 닮아가는 그는
오래전에는 손이 하얀 사내였다

눈이 더 우묵한 짐승이 있어
겨우겨우 경작한 영혼을 낱낱이 파헤치고
지천으로 널 부러진 매미 허물이나 되었으면 싶은데

작년에 심어둔 푸것들이 가득한 울안에서
오래 참았던 이름이 불현듯 생각난다

지리산 자락으로 숨어든 그 이름이 천지간에 붉다

움쑥

출근길,
길을 막는 초록 앞에 잠시 주춤거린다
손을 뻗어 줄기하나 끊어 쥐고
엄지와 검지로 살살 비비며
봄보다 여린 색 바랜 이것을
움쑥이라 불러보자
손을 코에 대고 묻는다
쉽게 뭉개지지 않고
승승한 냄새로 몸을 덥히는 쑥이더냐고
스러진 몸 비집고 올라온 가을 쑥을
손끝으로 비틀어 본다
손끝을 적시는 촉촉함
봄처럼 가슴에 일렁임을 앉히지 못해도

그런 줄 알고, 쑥맥으로 알고
냄새로나 맴도는 움쑥

그래도

바람을 건너간다
바람의 숲에는 갈대의 날선 이파리들이
스치는 모든 상처의
푸른 등을 읽는다

당신이 돌아보지 않는 강물에는
건널 수 없는 시간들이 자해하듯
발목을 긋고
무시로 시큰거리는 습관이 생기기 시작했다

가까이 가면 갈수록 높고 멀어지는
신전이 있다
신전에 가서야 할 말을 쏟아 놓겠다는
신념도 각오도 없이

오로지 걸어서 가야 닿을 수 있는 그곳에
갈대의 바람 없이도 더 깊숙이 살을 베이는
은빛 상처가 눈부시다

깨를 볶다

늘 들어 온 소리, 깨가 쏟아진다
준비하지 않아도 그렇게 되는 줄 알았지
깨속사리* 옆에 두고
지치도록 털어 쓰고

한 움큼 남았다고 느꼈을 때
조신하게 볶아서 고명으로 써볼 요량인데
아른 아른 아르르
뜨거운 팬 위에서 이승과 저승의 판가름
미추름한 네 옆에서 나 깜부기가 되어가고

그래 이렇게 볶는거야
달달

아무리 볶아도 고소해지지 않는
나를 볶는다

---

* 깨속사리 : 깨를 베어 말리기 위해 세워 놓은 단

김 진이 다녀갔다

Ⅰ

흐르는 물처럼 산다는 말, 그 말 증명하려는 듯 일 년 너머 눈물처럼 뿌연 유동식으로 버티던 어머니 다시 수술 날짜 잡았다. 공연히 낯설고 등짝 서늘해서 주춤 주춤 빈집에 어머니 심부름을 갔다.

벽이란 벽에 모두, 그럴 수 있었다면 천장에도 빼곡할 어머니의 그림들. 어떤 작정이 저렇게 비뚤 게 걸릴 수 있으랴 어머니 가시면 자리 옮겨야 할 저 곡진한 기록들.

다 버려도 그만이고 새로 사도 그만인 것들을 주섬주섬 챙기는데 밑도 끝도 없이 따라 나서는 그림 속 어머니. 초록이 일렁이는 현충사 은행나무 길*에 펼쳐볼까도 생각해보며 글과 그림을 어머니가 부르고 싶은 이름들로 도록을 만든다. 문득 살펴보니 평생을 존경하던 꽃과 나무들, 다음으로 '김 진'이라 적혀 있다. 면사무소 공중보건의에서 시내 개업의가 되어 환자로 맺은 인연인줄 알았지만 존경까지 이르는 줄 짐작 못했다.

---

* 모네 갤러리

어머니는 주치의라는 신을 모시고 계셨다. 도록을 맨 먼저 갖다 바쳤고 하루에 몇 번씩 그 이름을 들먹였고 머리가 아파도 속이 시끄러워도 자식보다 낫다는 명의로 부르는 이름이다.

신의 거처는 멀거나 높거나 아득했나보다. 전시회 첫날도 다음 날도 오지 않는 그를 처녀 적 사슴 목을 늘이셨는데 잠깐 자리를 비운 사이 '야 야 김 진이 다녀갔다' 어머니 목소리가 유월 나뭇잎처럼 반짝인다. 그가 전하고 간 화분은 어머니 손길에 시달려 미처 숨 쉴 틈도 없다.

어머니 이제 더는 기다릴 이름이 없다. 행여 그가 오지 않았다면 어쩔 뻔 했나싶어 신에 버금가는 그의 이름을 나도 불러본다.

Ⅱ

병원 어디쯤에 걸릴 수 있을까, 아끼는 그림 한 점 차에 싣고 딸 앞세워 존경하는 그이를 찾아 가자는 어머니. 시집

한 채 짓지 못한 나는 차마 그 말 꺼내지 못하고 어제는 바쁘고 오늘은 출장이다.

팔순의 존경이고 체면이고 기세 등등이었던 그의 앞에 시집 한 권 척 내놓고 어머니 활짝 웃으시게 하려고 출판사에 독촉전화를 건다.

오오, 어머니의 주치의 '김 진'이 다녀갔다.

낯선 저녁

지난겨울 서귀포, 손님보다 주인이 먼저 불콰해지기도 했던 횟집

주인 없는 냉장고에서 소주 한 병을 꺼냈다
어이없다는 듯 형광등 한 개가 픽, 나가 버렸다

던지듯 놓고 간 양재기에 멀건 김칫국이 흔들린다

상호가 새겨진 앞치마를 두른 주인과 네 개뿐인 테이블
함부로 쓰러진 빈 소주병들이 측근일테지만
비빔국수와 계란 프라이가 넘어오는
부엌과 주방의 경계쯤에서 찬바람이 서성인다

발바닥에 불이 나도록 신발에 끌려 다니던 하루도
종일 굶었다는 얘기도 꿀꺽 삼킨다

오랜 습관처럼 허기가 넘어 온다

주인이 나타나지 않으면 그 뿐

소주 서너 잔에 허기도 그런대로 견딜만했는데
갑자기 밖이 천길 벼랑처럼 캄캄하다

형광등은 어디로 간 것 일까
밝았던 것들의 안부가 궁금하다

저 혼자 물 드는 가을

– 손끝에 침을 발라 떨어진 과자 부스러기를 입에 넣는다 입속에 스며드는 단것들 봄눈처럼 너처럼 가뭇없이 스러진다 –

세상 모든 어머니의 손끝에는 침샘이 있다
고추장 종지를 손끝으로 훑어 말끔하게 다스리고
방바닥의 개미쯤 침 발라 찍어낼 수 있다
사춘기 언저리 자식들 가슴의 과열된 전원을 끌 수도 있다
사과 껍질을 집어 먹는 엄마를 외면하던 날들이 고여
내 손끝에서도 침샘이 터졌다
어머니는 어머니에게 물들어

눈물 아래로 잦아들고
낯선 계절이 아는 체 하는 길을
맨발로 지나간다

03

꽃 진 자리

바람을 앉혀 놓고

그 사람, 창문 앞에 앉혀 봤으면

염려하지 않고 슬퍼하지 않고
머릿결에 배어있는 그 냄새 내 것으로 만들고
옷자락에 묻어있는 얼룩 꽃으로 읽는데

나 그 사람 가슴에 창문일 수 있으면
꼭 맞는 신발 신겨보고 발톱도 깍아주고
깜짝 놀란 그를 지켜봤으면

잠든 사이 모든 것 바뀌어 버리면
나 이제 잠에서 깨어나지 않을 것을
그 사람 내 곁에 살며시 뉘어놓고
쓸어 앉고 토닥이며
그랬구나 이 사람

그만, 깨어나지 않아도 될 것을

양철지붕을 끌고 다니는 비

양철지붕도 없는데 왜 자꾸 비가 오는지 모르겠다는 안부에
"비가 양철지붕 끌고 다니잖유"

연필 잡기 싫어 삽자루 잡았다는 대답이 그믐밤 불빛처럼 환하다

서울로 재수학원을 보내면 저녁에 막차 타고 내려와
이웃동네서 놀다 다음날 첫차로 올라가기를 3년이라는 그는
그리 어렵게 몸으로 시 쓰기를 배웠구나

어머! 별이 있네 공원에서 하늘을 보고 놀라면
"별은 셀수록 늘어유"
큰 별만 눈에 들었던 시간들을 불러내 무릎을 꿇린다

양철지붕을 얹은 트럭에 올라앉은 것들이
더 큰 빗소리로 그의 가슴을 때리고 있을 때

매일 8시간씩 풀을 뜯어 먹어야 살 수 있다는
갈라파고스 제도의 거북과 그의 등딱지에 내리는
화산섬의 오후를 생각한다

아침은 옳다

비 오는 지하주차장에서 시작하는 출근길
흐느적거리는 어깨 너머로
만 원짜리 몇 장 머뭇머뭇 건네는
눅눅한 이별의 형식

그래, 가족이니까
자기 합리화의 공식을 재빨리 외우며 돌아선다

삶의 높이를 훌쩍 뛰어 넘은 목숨 하나
깊은 어둠 속에서 소리 없이 끓고
아침부터 해장술이 생각나
빈속에 털어 넣은 한 잔의 굴욕이
뼈마디를 저민다

잘못 쏟아 부은 후춧가루나 고춧가루처럼
시도 때도 없이 아려오는 내장이
어쩌면, 피붙이를 닮았다

비 그친 지하 주차장을 빠져나오자
밤을 지난 얼굴들이
3월로 가는 나무들처럼 환한데

젖은 어깨를 부비며 함께 자란
말똥말똥한 눈빛이
주차장 어둠속에서 점멸등처럼 빛난다

기억을 지우는 방법

뭉크의 그림 절규 같은 거기

'이 동네선 제일 잘 된 놈이 택시 운전사여'
공부가 밥 먹여 주냐던 그 때
하천부지에 들깨 모종 하나라도
더 꼽는 것이 밥을 꺼내는 최선의 처방이었는데

직물공장 큰 애기들이
저수지에서 넘어온 물고기처럼
입술 뻐끔대던 철길 옆동네
월급날이면 '살찌는 집' 고기냄새가
작은 재빼기로 번지고
외상을 갚으러 가면 다시
외상을 달고 오던 어수룩한 시절

직물기계들이 낮은 품을 찾아
중국으로 베트남으로 떠나고
철로변 납작한 지붕 곁으로 큰 물 지나가고
육교가 놓이고

후미끼리 상점들도 문을 닫았다

공장이 진 자리에
클럽이 열리고
천변을 서성이는 순옥이를 조석으로 감시하던 姜氏도
자전거 끄는 소리도 더는 보이지 않는

하릿벌* 복개천에
멈칫멈칫
봄이 흘러간다

---

* 하릿벌 : 천안 경부선 옆 동네 이름

촛불

주춤거림으로 받아들인
당신이 물러간 뒤에
등 뒤의 묵묵한 빛

더 뜨거워질 것도 아니면서
여전한 체온으로 불꽃이었습니다
더러 문 여닫는 소리에
가끔씩 불꽃 일렁이긴 했지만

길섶에 진달래 불길이 잡히지 않더라도
발을 감는 여름 소리에
스스로 화근이 되어

들녘 하나쯤 그 산 하나쯤, 한 입에 품었다가
당신이 화들짝 눈치 채면
저녁노을인 척 쏟아 놓고
무너지는 어제, 오늘
빛이거나 그림자도 만들지 못할 때
촛농으로 무너지는 법을 익히렵니다

길 다듬어 다시 한 번
심지일 수 있다면
소리 없는 눈물이고 싶습니다

트루소

입안에 허물이 벗겨지는 이유를 모르고 살았다
뜨거운 말을 뱉어내고 받아먹고
허기가 있는 나는 한 김을 기다리지 못했다
"식기 전에 드세요"
내가 뱉은 뜨거운 말을 냉큼 받아먹는 사람만 보았다

그동안 내가 만든 것은 모두 뜨거운 것 뿐이어서
같이 나눈 이들은 목구멍이 벗어지도록 눈치 채지 못했고
그들이 내 밥상을 오래 같이 할 거라 믿었다

그들은 내가 만든 너무 뜨겁거나 덜 익은 것들에 익숙했고
나는 그들을 눈치 없이 불러 모았다
그들을 기다리는 동안 반제품이거나 인스턴트 같던 내 마음도 쉽게 쉬어버렸다

그들이 다시 내 식탁으로 모여들 때쯤 나는
잡뼈를 우려낸 국물에 쓰거운 속을 달래고 있을거라

아무리 소금을 넣어도 싱거운 날이 있다

실직

이제 누구와도 점심을 먹을 수 있다

줄서기 없이 들어갈 수 있는 삼류 극장처럼
세상과 한 편이 되어 본다
저자거리의 좌판처럼 늘어진 오후
누구와 예약할까

땡볕에 마를 이불 한 채 널어두고
한나절내 눈싸움하다 지치면
전화선 속으로 바쁘게 오가는 시간들
소나기 한 줄금 내려준다면
호박전 얄팍하게 부쳐 낼 재간도 있는데
고향 어머니 아들집 찾듯
그 사람 옛집이나 찾아 나서볼까

해파리 파도 타듯 미끄러지는 한나절
석류 속만큼이나 벌어진 틈
예약 없이도 먹을 수 있는 만찬을 준비하는 이여
굳이 애쓰지 마시길

깊은 곳에서 잠을 길어 올려야 할 때가 있다

아침을 저녁이라 우겨보는데
울음 이전의 파도가 밀려온다
어떤 짐승의 내장에서 쏟아지는 통곡인가
먼데서 우는 짐승 쪽 창문이 부르르 떤다

몸부림이었다가
날이 밝으면 조금씩 잦아드는 울음의 끝은
지쳐 쓰러지는 짐승의 모습이어서
울음은 언제나 야성이다

거친 숨소리와 함께 가 닿는 지점은
아무도 가보지 못한 생의 극지
깊은 곳에서 잠을 길어 올려야 할 때가 있다

압침으로 눌러 놓은 시간은
잘 쪼개진 열 두 개의 아라비아 문자들이다
아무 것도 저것과 딱 일치되는 것은 없다

저녁이면 떠내려갔던 하루가 절뚝이며 돌아와
하루 종일 젖어 있던 울음의 끝을 붙잡고 있다

어느 사유지에서 진흙 속에 빠져있는
삐쩍 마른 바퀴의 동력을 꺼내 놓고 다시 움직여본다

저벅저벅 커튼 저쪽에서부터
불온한 발자국 소리가 다시 들리기 시작했다

바람

글쎄, 땅속에 있는 노래방에도 바람이 산대요 한 잔 걸친 끝에 잠깐 들려서 목이나 풀어주고 가면 그만인걸 뭐 하려고 그 깜깜한 속에다 가두고 사는지 더러는 따라 나오기도 하는 모양인데 제가 언제부터 그 구석에 정 붙였다고 시간 되면 제집인 듯 도로 숨어드나 봐요

지난번에는 나한테 어찌나 막무가내로 감기는지 그것이 술 마신 끝을 어떻게 잘 끌어내는지 그 바람에 속엣 것들 다 딸려 나와서 한 바탕 바깥바람 좀 쐬었더니 한 동안은 시원하더니만

어떤 날은 내 속에서 그것들이 꿈틀거릴 때도 있어서 얌전한 체면에 어쩌지도 못하고 그냥 좀 가라앉을 성 싶으면 이웃들이 바람잡이를 자청하는 바람에 못 이기는 척 휩쓸리기도 해요

돌려놓고 보면 그까짓 거 무서울 것도 없지만 사생활도 걱정되고 길어지면 몸도 상할까봐 한동안 멀리 청했더니 요즘엔 대놓고 나를 불러내요

변변한 족보도 없이 신바람도 바람이라고

빨래집게

주둥이 뿐인 삶이다

이 땅의 아들들
그 주둥이에 매달려 기꺼이 빨래가 된다

수레바퀴보다 빠른 탈수기
퍽퍽 돌고나면
튼실한 빨래집게를 구한 자만이
마음 놓고 너펄거릴 수 있는 허공
한 때는 사내였던
쉰내 나는 오후
허리춤 어깻죽지 움켜 쥔대로 매달려
바싹 마른 옷으로 내몰리고

무시로 솜 젖은 어제의 옷으로
사발 동냥을 나설 때마다
내 널렸던 집게 자국이
간으로 콩팥으로
석쇠자국을 긋고 지나고

수많은 빨래집게가
더 큰 주둥이의 빨래집게와
빨랫감을 생산하는 산부인과는
초록불이 꺼지지 않는
지구상의 유일한
콘베어 벨트다

어모퍼스amorphous*

연필을 짧게 깎아야 하는 날이 있다

가령, 가을볕이 목덜미에 시리게 감기거나
무청이 유난히 푸르다거나
묶지 않아도 속이 꽉 차는 배추를 보고 온 저녁이면
금방 겨울이 닥칠 것이라는 예감으로
닫아 둘 것들이나 거둬들일 것들을 줄 세워 본다

진종일 김장을 하던 손도 있고
울컥 눈자위 붉어지는 식솔이 있다
사십 넘어 짝을 찾은 살붙이를 맨 처음에 적어보다
그들에게 방패 이거나 유리벽이라 불렸던 시간을 제목으로 올린다
유리의 결정과 결정이 경계를 따라 갈라지는 사이
문밖에 세워둔 저녁이 헛기침을 한다

저 혼자 가을을 쟁인 배추를 절이는 일도
얼음 푸석푸석한 땅을 파고 김장독을 묻는 일도 할 만했다고

---

* 어모퍼스 : 유리처럼 외관은 단단한 고체여도 구조적으로는 액체와 같은 물질

그러나,

투명한 유리일수록 빛의 반사가 크다는 것을
목록의 어디쯤에 적어야 할까
비결정질인 유리의 균열은 사방으로 퍼지고 있는데
유리는 그저 유리일 뿐이어서
못다 삼킨 비명을 바람 속에 숨긴다

꽃 진 자리

그러니까 회갑잔치란 정년을 기별하는 은밀한 수작이었다
잔치라니, 술을 거르고 고기를 삶고
그가 비질한 마당 가득 낯선 축하가 버글거렸다

초가을 저녁처럼 고요히 지나가는 퇴직도 있다 까닭은 묻지 못했지만 박수소리조차 없었다고 한다

밥은커녕 물도 굶는 꽃병의 꽃으로 옮겨 다니면서도 한때 풀꽃이었다고 파르르 떨기도 하면서

밤낮의 경계가 지워진 세상을 걸었다 길가에 심어둔 꽃처럼 잠깐씩 아름다웠고 길 끊긴 오지에 도착했을 때, 구두 뒤축은 아직 멀쩡했다

꽃도 잎도 다 털리고 월급봉투만큼 야박한 시간을 겨우 챙겨 물러났다는 소문이 파다해서

낮달조차 놀러오지 않는데

꽃 진 자리.

웃자란 잎이 꽃이 되어 그림자 어룽거리며 아리게 여무는 중이다

비문 증飛蚊*

소용없다는 것을 아는데 오래 걸리지 않았다

오래전에 부친 편지가
멀리 떠돌다 돌아왔다 치자
부지불식간에 찾아온 이 비문은
당신 얼굴을 떠도는 무수한 점이어서

입술 비집는 혼잣말을 알아들은 나뭇잎처럼
나무 위 새들에게
새를 스치던 바람에게
소리내어 울지 못하는 증표처럼 눈길 주더니

불평등은 어디에나 있어서
늦가을 새떼 되어 후르르
한쪽 눈으로만 비상한다
모래시계처럼 한쪽으로만 목을 꺾고
더 오른쪽으로 빙글빙글

---

* 비문 증 : 눈에 날 파리가 나는 듯한 증상

사랑은 늘 가시덤불 같아서
내 몸에 주소를 두는 염문을
다만, 바라보기로 한다

하얀 그늘

겨울 허공 속 어둠에 적어둔 눈물
없는 사랑을 기다리는 어림없는 수작
바람에게 구름에게 먼 소식을 묻겠지

자락자락 맺힌 꽃망울 틔운 봄날
뜨거운 것들에 기대 피는 꽃이고 싶을 때 그때
후루르후루르 천길 낭떠러지로 떨어지는
그늘조차 하얀 목련꽃 아래

다시 꽃으로 피어날 봄을 기다리며
펄펄 끓는 여름을 건너는 것인데

살아보지 못한 꽃의 봄도
편지지로 내어준 기억도 속절없을 때
땅속에 허공을 더 깊이 내릴 것이다
꽃물 그득 길어 올릴 것이다
봄이 오면 더 높이 매달려
먼 곳에 산다는 익숙한 바람 냄새를 향할 것이다

봄마다 버려도 다시 차오르는 하얀 그늘에
햇빛 낙서가 눈부시다

포쇄*

작은 책상 위에 쌓인 책 한 권을 집어 든다
세상에 이렇게 많은 약력이라니
그것만으로도 한 권을 다 알아 듣겠다

간추린 책들을 키를 맞춰 책장에 잠재운다

저 높고 외로운 책장에 꽂힌 책들 속에서
문득 아버지 걸어 나오신다

병원에 가자고 어르고 달랜 아버지
눈부실 것도 없는 삶을 간추려 요양원에 옮겨 둔 아버지
책꽂이에 꽂아 놓고 깜빡 잊은 책 같다

자주의 범주에 들지 못하는 그 곳
'자주 올게요. 걱정 마세요'
언제 술이나 한 잔 하자는 헛말 같은 것

내게로 와서 오래인 책들
읽었던가 읽다 말았던가

---

* 포쇄 : 책이 썩지 않게 바람을 쐬어 주는 일

먼지 털어 펴 놓고 포쇄라도 해야 하겠지만
요양원에 전화 한통 못한 오늘 아침은
아버지도 책들도 잠을 깨면 안 된다

오늘 날씨 맑음이다

당일 지정 차에 한함

자세히 들여다본다
운송회사 경북
서대구에서 승차 및 환불 안 됨
아침 7시 동대구에서 이런 차를 본 적이 있다
잘려나간 반쪽의 절취선이 아직 까슬하다

작정하고 나선 길도 늘 두려웠고
달리는 길 위에서 쭐떡쭐떡 꽃멀미도 해대며
지나칠까 못 미칠까
내려서야 한다는 것에 가슴 졸였을까

여기까지라며 버스는 남은 반쪽을 부리고
바닥에 떨어진 낮달은
쉽사리 손톱에 걸리지 않는다
아니다
할 만큼 했다는 듯 땅에 몸을 준 것도 같다
여기까지 누군가를 끌고 왔을 것이고
담고 왔을 마음은 감추고
단지 수단이었을 수단이 버려진 것

길을 물릴 순 없는 줄 알지만
주춤거려본다

맨땅에 꽃멀미처럼 어룽거리는
승차표를 차마 버리지 못했다

가위가 부러졌다

- 코로나19

한 번만 손 잡아보자는
뜨거운 구애를 피해 숨어있다

그의 눈에 띄지 않으려고
은둔의 달인이 되어간다

냉장고 속이 투명한 고백을 시작하고
침대가 눅눅한 습기를 머금었으며
나는 천천히 쇼파와 TV의 수족이 되어간다

창밖으로 낯선 것들을 살피다가,
베란다에 갇힌 화분에 뜻없이 물을 주다가,
웃자란 가지를 잘라내다가,
불쑥 오렌지 자스민나무 대궁에 가위를 댄다

향기는 이미 죽었으므로 지켜야 할 비밀도 없다

나는 이제 더 이상
생각의 가지를 칠 수 없다

5월의 넝쿨장미가 눈을 찔러도
쥐똥나무 꽃 향이 머릿속 가득 맹독처럼 차올라도
아직도 흉흉한 문밖 낯선 불안이
몸 안으로 스멀스멀 기어들어도
나는 나를 잘라낼 수 없다

가위가 부러졌다
이제 맨손이다

04

시간 위를 걷다

초경

아랫목에서 엿가락처럼 녹아내리는 몸이 좀체 깨어나지 않는데
이대로 노골노골한 장판이나 되었으면
잘 익은 참외 속처럼 들큰 해졌으면

뒷마당에 우두커니 서있는 빗자루처럼 문득 혼자여서
내가 나를 들여다보는 일이 그리 자주는 아니어서
피사리 걱정으로 선잠 든 아버지 등판으로 숨어버릴까 망설여도 보는데

유월 미루나무 꼭대기 매미처럼 껍질 벗어버리고 싶어
나무 위를 지나가는 구름처럼 형상을 버리고도 싶어

열일곱 문 앞에서 받아 든 소식에 온몸 홧홧 거리고

펴보지 않을 책의 머리말처럼
그러나 거기 적혀있을 나를
어쩌면 세상에 들키고도 싶어서

저물녘 붉은 하늘 쪽으로 돌아눕는 날입니다

다시 듣고 싶은 노래

때로는 마른 땅 위에서도 발이 젖는다

허공에 치댈수록 쩍쩍 갈라지던 발바닥 실금에 물이 차오르면
우수와 경칩 사이에 묵었던 씨앗들 반짝 눈을 뜬다

이젠 일어나야지
봄이 허리를 떠미는데

칠순 아버지 거름 내러 가신지도 한나절은 지났는데
냇가 밭둑에 푸른 것들 비밀스레 올라온 지도 오랜데
그만 일어나야지

묵은 기억처럼 휘어진 밭고랑쯤이야
단숨에 뒤갈이 할 수 있을 것 같은데
꽃샘바람은 묵은 가지 같은 헛잠을 흔들고

봄이 안마당에 지게를 받치며
한 말씀 던지신다

'아야, 추운데 들어가서 자거라'
아직은 풋것인 햇살 한줌이 건너온다

솔바람으로 오시는 그대

부용* 당신은
꽃이 되고 새가 되고
흐르는 물을 거느리며
한없이 살다간 사랑입니다
부용보다 예뻐 부용이었고
구름보다 자유로워 운초였다면
오늘, 어떤 추모를 받아 기쁘다 하실는지
그저 마른땅에 머리를 조아릴 뿐입니다

부용
당신의 살결인 듯 내려앉는 산 벚꽃
눈이 시린데
한 치도 안되는 광덕산 우듬에 綠泉亭을 들여
태화산 주인이 되신 오늘
당신에게 견줄 뜨거운 생이
다시 이어지도록
우리가 할 수 없는 그 하나씩을 기쁨으로

---

* 부용 : 황진이, 매창과 함께 조선시대 3대 기생인 운초 김부용의 묘가 천안 광덕산에 있고 매년 지역 문인들이 4월에 다례를 지내며, 현재 그의 시 300 여수가 전해지고 있음

나누어 주시고
어림으로 당신을 쫓는 길잡이가
되어 주소서

저만큼 솔바람으로 오시는 당신을 뵈옵니다

봄날은 간다

요사채 뒤 켠 우물곁 아버지
조막만한 바가지 움켜쥔 손
놓칠까, 몸 기울인 풍경은
눈 감은 채 덩그렁거렸다

몇 번의 겨울을 구급차로 건너온 아버지
꽃구경이라 어르고 달래어
산그늘 깊은 절집에 모셨더니
살아온 일들이, 살 일들이 그렇다는 듯
매화뿌리 적신 물을 꿀꺽꿀꺽 마신다
툭툭 터진 매화나무 살갗에
아쉽게 가는 봄을 문지른다

이제는 부축 없이 일어설 수 없는 당신은
꽃잎 흩날리는 절집 마당
난데없이 날아들어 몸 뒤집힌 풍뎅이
얼마나 빙글거리며 안간힘을 쓸텐가
물끄러미 살피다가

꽃 멀미가 나셨을까
돌아갈 길을 물으신다

고향 언저리

앞서거니 뒤서거니 저수지가 있던 산길을 헤맨다
끝이 보이지 않던 저수지도 허옇게 삭아가는 기억 저편, 익숙했던 퍼즐을 맞출 수 없다

밤 따던 나를 떨궈내던 꾀꼬리성 이제 내 엉덩이보다 작고 어린 나를 혼자 보내지 말라던 물안성이 한 눈에 든다 주전자 넘치게 다슬기 채워주던 앞개울이 도랑 체면을 지키겠다는 듯 잔기침을 하고

아버지, 다시 바지게 위에 산 보리수 붉게 얹어 오시면 내 아이 쇠죽 솥 앞에 앉혀 놓고 입안 가득 넣어줄 것을

다시 못 올 것들이 찬 계절을 준비하고 있었다

분粉이 나는 농濃,

따가운 햇살 아래 포도의 붉은 속살 뜨겁다
흡! 침이 고인다
포도를 향해 길게 뻗었던 손을 거두면
한 줄기 빛
내 속으로 따라 들어와
생각하나 떼어내자고
전지가위를 들이댄다
어느 곳에 손을 대도
붉게 드러날 속살
주춤거리는 생각위로
툭! 줄이 끊어진다

입을 벌리면 속내 빨갛게 드러나는 나는
누군가에게 침을 삼키게 한 적도 없이
설익은 생각들로
포도속보다 붉어지고

가을 냄새에 잇몸 시리다

명암리 감자꽃처럼

날감자처럼 굴러다니던 새끼들
기성회비 소리만 나오면 뜨거워지던 목숨
저수지 끝자락 바위에 걸터앉아
양은 밥상속 벙어리 새처럼 울었다는데

뭉툭한 더듬이로 한 생을 파내려간 아버지
바람의 흙벽에 스스로 갇힌 채
뜨거운 흙으로 나를 빚으셨다
검붉은 등짝을 불빛삼아 따라온 발톱 하얀 여자는
밭두렁 초록에 발을 묻고 어린 젖을 물렸을 테지

산골서 이사 온 이, 마차 끄는 이,
동네가 다 부르던 아버지의 별명은
저수지 바람소리보다 쓸쓸했을 테지
무청처럼 시퍼런 자식들 돌아보며
소여물 솥에 눈물을 떨구기도 하면서
잘 여문 수수처럼 고개 숙이고 금방 만든 삽자루처럼
등을 곧게 펴고 걸었을 테지

이제는 신세계가 된 명암리* 718번지
담장 밑 금송화 아무도 알아보지 못한다고
돌아앉아 한숨 쉬는 어머니
풀 가까이 꽃 가까이 살다가
꽃이 될, 풀이 될,
거기, 하얀 감자 꽃처럼 눈물 자욱한 어머니의 꽃밭

---

* 명암리 鳴岩里 : 바위가 울었다는 아산지중해 마을의 옛 지명

시계가 있던 자리

벌써 몇 번 째인가
"얘들아, 시계가 멈췄다"
혼잣말 일수록 크게 들리는 법이어서
거실을 뒹굴던 가을 햇살이 화들짝 놀란다

이십년을 곁에 두었던 서랍을 뒤진다
눈치껏 구석으로 몰아두던 날들을 뒤적이며

혼잣말에 지친 손이 서랍을 빼낸다
와르르 쏟아지는 늙은 시간들
햇살 좋은 날 찍었던 사진, 아버지가 파주신 목도장,
세상에, 황새가 물어갔다던 큰 애 첫니가 여기 있었다니!
이렇게 눈부신 거짓말이 있었다니

사진속의 나는 꽃그늘을 향해 웃고 있는데

"어머, 왜 이렇게 늘어놨다니"
널브러진 시간들을 다시 쓸어 담는다

어쩜, 가을볕이 곱기도 해라
뻔한 거짓말 하나를 서랍 안쪽으로 밀어 넣는다

꼴값, 꼴 값

밭고랑에서 끌려나온 포도들이 길가에 나앉았다
뽀얗게 분을 입고 나서도
제값을 받지 못하는 포도상자가
장화에 들러붙는 흙덩이 같은데

줄을 지어 달리는 차들 사이로
고개만 빼 문 '얼마예요?'

거저라도 다 치우고 싶은 마음에
집어주고 또, 집어주고
꼴값을 쳐주지 않아도
퍼가라 다, 퍼가라
익지도 않은 것들이 퍽퍽 터져나는데
혼전만전 떨이라도 해서
꼴값하는 바라포도 되고 싶은데

텅 빈 전대 허리에 매고
포장할 틈도 없이 헐값에 팔려갈
포도를 판다

핏발처럼 터지는 포도알
금방이라도 잎을 떨굴 포도나무

봉지 밑으로
농익은 마음을 들여다본다
오래도록

아버지는 단단하다

"네, 설암입니다"
전능하신 말씀 앞에서 세상의 모든 말들이 사라졌다.

아버지는 부자였다.

정월 대보름 아직 해가 뜨기 전, 툇마루 끝으로 불러낸 어린것들에게 단단해져라 더 단단해져라, 광덕산 호두만큼 단단해져라. 오래 묵은 주술을 시행하며 마당을 향해 흩뿌리던 광덕산 호두껍질

잘 마른 호두를 와지끈 깨물던, 그리하여 세상의 모든 악운을 내던지고 오직 부드럽고 기름진 속살만을 골라내던, 아버지 이제 그 입속에 바위를 들이셨다.

열 손가락 모두 검붉은 호두의 피를 묻히면서 자식들 입속으로 넣어주던, 어쩌면 당신의 피를 덜어낸 듯 비릿하기도 하던 호두의 속살.
우리는 무럭무럭 자라 이제 광덕산 호두쯤 가볍게 깨물 수 있는데

저토록 큰 바위를 들인 입속에 내가 골라낸 호두의 속살을 더한들 무슨 소용이랴

호두껍질보다 단단하고 그 속살보다 기름지던 당신의 품에 기대면
오오, 마른 호두나무 이파리에서 때 아닌 겨울바람 부는데
저 산기슭 호두나무처럼 당신은 다시 푸르게 일렁일 것이다. 정월 보름 만월 아래에서 부럼을 깰 것이다. 바위 따위 퉤, 뱉어 낼 것이다

구절초

눈썹 같은 송편을 빚어
속눈썹 닮은 솔잎을 깔고
한 숨 깊게 몰아 김을 올립니다
그렇게만 살아지라고
동그랗게 전을 부치고
생각으로 조물거린
삼색 나물을 동그마니 올려 담으며
오시는 길이 맛있었으면 합니다

어떤 시간을 맛나 하시는지
내년에는 푸짐하게
놓아드려야지 하는데
'차례상에 간장이 빠졌구나'

헛발질로 장독대를 내려오는데
플라스틱 화분에 핀 구절초가
간장종지를 넘겨다봅니다

싱거운 세상을
간 없이 놓아드린
며느리 보시러
구절초로 오시는가
하나하나 꽃 이파리 세어보는데

'에미야 간장종지에 달 뜨겄다'

시월

끝물 포도를 거둬내자
하늘이 드러났다

빈 봉지를 주워 밭고랑에 불을 놓는다
어디라고 자식 넷, 다 비 가림을 할 수 있었겠어
크게 될 놈을 가려 봉지를 씌우며
가슴 하나씩 내려앉을 때
하루가 다르게 물오르는 알맹이로 가슴 뻐근했겠지
저것들이 때깔을 내기만 하면
금방 떼돈도 벌텐데
싸매지 않은 포도들 거들떠도 안 봤지
태풍으로 쓰러진 나무에 주렁주렁 매달린 송이들
봉지를 쓴 것들은
속으로 단물을 가두고 포도인 척도 않을 때
노지포도 물러터진 것들이
팔뚝을 감고 단국 땟국이 되어
포도 노릇을 하더라고

날리는 빈 봉지마저 긁어모으며
다시 지을 수 없는 농사도 있더라고
포도밭 고랑이 저 혼자 깊어간다

청춘 공작소

싸리나무 팔다리 짱짱한 애호박을 타고 놀던 거기
'청춘공작소'로 개명했다기에
삶은 빨래처럼 흐느적흐느적 찾아가는 오후

아까워 부르지 못했던 이름들
꽃놀이 가는 차표처럼 고이 접어
가슴 안쪽으로 밀어 넣고
발끝 툭툭 차며 간다

살비듬 떨어지는 정강이 사이로
달거나 쓴 말씀들이 오가고
세상에 없는 열매들은
세상에 없는 환장할 꽃이었던
그 저녁을 알 수 없을 테지만

벽을 보고 칭얼거리는 미소들
저녁노을을 향해
붉어지는 눈자위 훔긴 적 있겠다

마당 귀퉁이에 퉁퉁 불어 있는 봉숭아 꽃씨
터져서 어디든 닿을 수 있다던
꽃그늘이 깊은데

빈 냄비에 저녁을 넣고 끓이면
설익은 시간들이 우르르 넘친다

잡초

어머니가 쓰러지셨다
죽음의 냄새 자욱하다
아퍼, 소리 한 번 못하고 살아온 것이 벼슬인양
미간을 찌푸리며 아버지를 부른다

손등이 시퍼렇도록 혈관을 쑤시는 주사바늘과
눈이 벌겋도록 쏘아보는 환자
전생에 무슨 관계였을까

다 알고 있다는 듯
그럴 수밖에 없다는 듯
아카시아 향은 그렁거리고
나는 애써 외면한다

아버지는 침상의 어머니 부름에
바람을 일으켜 달려오시고
두 손을 꼭 잡고 귀엣말을 하는 동안
침묵이 침 삼키는 소리를 냈다

"에이~등신!"
문을 나서는 아버지의 등에
어머니의 눈이 간절할 뿐
이렇게 오래 있을 줄 몰랐다고
베란다 화초에 물 좀 주란다

머리카락이 늦가을 억새처럼 버석이는 어머니
흠씬 물주고 싶다

경운기가 엎어지는 자세

논 가운데 엎어진 경운기가 끝내 일어서지 않는다
다 이해한다는 듯 고개 끄덕이던 수리센터 직원도 돌아가고
"올까지만 짓고 말란다" "쌀 가져가라" "쌀 안 가져가니?"
한 김 나간 한숨이 바람처럼 스치는데
갈라진 논바닥으로 덜덜거리며 경운기 몰아대던 아버지
등짝 가득 저녁을 짊어지고 돌아오던 맺힌 데 없던 웃음
사람은 배가 따뜻해야 산다고 아궁이마다 군불 넉넉히
지피던
저 갈퀴손에서 개망초꽃 화들짝 피던 여름이 있었다
씀바귀 한줌 빙긋대던 저물녘이 있었다
빈손을 썩썩 비비면 강물처럼 넘실대는 사랑이 있었다
다시는 일어날 것 같지 않은 경운기,
엎어지는 자세까지 아버지를 닮았다

아버지

포도밭에 비가 내린다
숨 돌릴 겨를도 없이 몰아댄다
포도위에 비가 내린다
믿을 수 없는 일기예보가 나를 두드린다
후둑이던 빗줄기
가꿔 온 어제를 씻어내며
원두막 한 자리 흔적 없이 없앨 수 있다고
씻은 듯이 씻어 내리고
핑계김에 포도알 툭툭 터지는데
잘 익은 포도주를 꿈꾸던 아버지
이랑위에 주저앉아
아버지의 눈 포도알이 되어가고

오늘 밤이라는 이름의 불확실성

지난봄 창궐하는 전염병으로 사방이 어두울 때

헝겊 오리듯 가위질하고 남은 오렌지 자스민 나무

가위 끝이 부러지도록 자르고 남은 가지에서

하얀 구멍처럼 꽃이 피고 지고

갸웃거리는 향기 문지방을 넘어 온다

폴 폴 날리며 작은 창으로 넘어 간다

본향을 잊지 않고 멀리 갈 수 있을까를 염려한다

나무의 형상이 그늘처럼 어두운데 꽃자리 환하다

저 작은 꽃,

밍사산 오아시스에 무릎 꿇던 낙타처럼

아는 길을 찾아가듯 향기 날아간다

다정처럼 사랑처럼 사방으로 흩어지는 너를 따라갈 수 있을까

저 작은 향,

우리 동네 놀이터는

아이들을 빼앗긴 놀이터가 혼자 놀고 있다

엉덩이보다 작아진 그네를 몇 번 흔들다가
정글짐 아래 돋아난 개망초
꽃다지나 눈여겨 볼 걸 그랬다고 손을 터는데
금세 배어버린 쇳내

쇠붙이에 약한 엿장수는 가위로
등을 후려쳐 엿을 떼어낸다
입보다 먼저 코를 아슴하게 하던
끈끈함과 들큰함도 상쇄하지 못했던 그 쇳내는
독사풀씨가 영그는 논둑에서
마른 논을 갈며 부러질 쟁기 보습이나
그네줄과 바꿔 먹을 엿을 생각하며

우리 동네 놀이터는 졸고 있다고 고쳐쓴다

생명의 영속성과 '아버지'의 존재감

윤성희(문학평론가)

1. 시인의 서랍

등단 20년차. 시력詩歷은 이미 탄탄한 높이를 이루었는데 그에게 이번 시집은 첫 시집이나 마찬가지다. 성년의 나이에 이르는 동안 이 시집만을 준비하고 있었기 때문일까. 묵언 수행하듯 긴 세월 자신의 목소리조차 봉쇄해 두려는 뜻이 있었을까. 아무리 과작의 시인이래도 20년 만에 시집을 낸다는 것은 우리 문학 풍토에서는 매우 이례적인 현상이다. 이번 시집을 읽어보아도 알겠지만 시인의 문장들은 대체로 간결하고 군더더기가 없다. 비약과 압축이 심하다 할 정도로 절제력을 발휘하는 것이 이명열 시의 한 특징이다. 그렇다면 시적 절제의 관성이 시집 발간의 욕구에도 제동이 되었을까. 나로서는 그것까지 알 수 없지만, 불량한 결과물을 높이 쌓아두고 자기만족에 빠져 있는 시단 일부의 허영에 비추어보면 이 시인이 가진 제동장치는 그것대로 하나의 거울이 됨직도 하다.

과작이라 할지라도 '시인의 서랍'에는, 20년간이나 그가 조명하고 집중하며 반응하고 변화해 간 시정詩情의 내력들이 켜켜이 쌓였을 것이다. 그 층간을 무작위적으로 헤쳐서 고르고 뽑아낸 것이 『양철지붕을 끌고 다니는 비』를 구성하는 목록일 터. 그러다보니 이 시집에는 발췌 기준으로서의 연차성이나 일관성을 찾기가 어렵다. 혹시라도 독자들이 이 시집에서 시인의 시적 생애가 응축된 약전略傳이나 정서적 변화의 기미를 읽어내려 한다면 그만두는 게 좋을 듯싶다. 20년이라는 넓이의 시적 공간을 구획하거나 그 안의 세목들을 가로질러 한 줄로 꿰어내는 중심선이 엷기 때문이다. 대신 그의 생生에 찍힌 얼룩과 무늬, 삶의 미소와 주름들이 스쳐 지나가며 시의 풍경을 만들고, 이 풍경 속에 무의식의 퍼즐들이 배경화면을 만들어내고 있다. 이명열의 시를 읽는 것은 그런 내면의 풍경들에 눈을 맞추며 흩어진 퍼즐의 조각을 찾아내는 일이 될 것이다.

2. 존재의 이어짐

진부한 질문부터 하자. 인간은 어떤 삶을 살아가는가. 운명은 정해져 있는가. 존재론이 들려주는 답은 질문 그 자체처럼 대개는 진부하고 상투적이지만 그럼에도 범상치 않은 의미를 가지고 있다. 생애는 예측 불가능할 때가 많고 그런

가운데서도 대부분의 나날은 괴롭거나 부대끼는 일들로 채워져 있으며 가끔은 또 화사한 빛깔로 반짝이기도 한다. 그리고 또 아주 가끔은 자신의 존재방식을 성찰하거나 존재 너머의 자리를 상상해 본다. 삶에는 고통과 시련이 있게 마련이지만 한편으로 나름의 의미와 목적을 가진 존재로 존재전환을 일으키기도 한다는 것이다.

이명열의 시에서 눈여겨보아야 할 지점이 여기다. 수명을 다한 존재의 끝은 소멸이 아니라는 점. 존재의 수명을 결코 폐쇄하지 않는다는 점. 그래서 존재 너머에는 몸을 바꾼 존재가 다시 들어선다. 다음 시는 이명열 식의 그 같은 존재론을 더욱 확실히 보여주고 있다.

출근길,
길을 막는 초록 앞에 잠시 주춤거린다
손을 뻗어 줄기하나 끊어 쥐고
엄지와 검지로 살살 비비며
봄보다 여린 색 바랜 이것을
움쑥이라 불러보자
손을 코에 대고 묻는다
쉽게 뭉개지지 않고
슴슴한 냄새로 몸을 덥히는 쑥이더냐고
스러진 몸 비집고 올라온 가을 쑥을
손끝으로 비틀어 본다

손끝을 적시는 촉촉함

봄처럼 가슴에 일렁임을 앉히지 못해도

–「움쑥」 부분

'움쑥'이 무엇인가. 사전에 보이지 않으니 아마도 시인이 만들어낸 조어가 아닐까. "움쑥이라 불러보자"고 조심스럽게 제안하는 말투를 보아도 그런 짐작이 가능하다. '움'은 '움이 튼다'고 할 때의 그 움이다. 풀이나 나무에 새로 돋아나는 싹이다. '움딸', '움누이'할 때의 그 움으로도 쓴다. 그러니 '움'은 죽은 것을 대체한 새로운 것이라는 뜻이 된다. "스러진 몸 비집고 올라온 가을 쑥"이라는 대목에서 '움쑥'의 뜻은 더 분명해진다. 시인은 수명을 다한 가을 쑥에서 새로 움트는 생명을 본다. 말하자면 '움쑥'은 재생이자 생명 회복의 감각적 등가물이다. 존재의 확장이며 존재의 전환이고 가치의 갱신이다.

타오르다 남은 내게도 할 일이 있어

가성소다 진하게 뒤집어쓰고

문 닫아 걸고 두부판 위에서 굳어지고 있어

더 이상 꿈 꿀 밤은 없는데

칼질이나 깨끗이 당해 두부보다 반듯하게 잘려져야지

–「비누」 부분

「비누」 역시 소박하지만 시인의 가치관을 가감 없이 드러내는 작품이다. 투명하던 식용유의 수명에는 한계가 있다. 수명이 다한 식용유의 "더 이상 꿈 꿀 밤은 없"다. 그러나 멈추게 될 삶의 시점에 대한 시인의 존재론적 사유는 "타오르다 남은 내게도 할 일이 있"음을 일깨운다. '비누'로의 존재 전환은 새로운 가치의 발견이자 새로운 정체성의 획득이다. 그런 점에서 식용유는 우리에게 종종 무시되거나 폐기되곤 하던 많은 친숙한 것들을 환기시킨다. 화자를 '비누'로 설정한 시인의 의도 역시 여기에 있지 않았을까.

시인의 의도는 시집의 여러 시편들을 통해 다양하게 변주된다. 「우라노스」에서는 '우거지'와 '떡잎'의 상상을 통해 사랑의 재생과 회복을 떠올린다. 「새라는 비밀이 사는 숲이 있다」에 나오는 학교 복도의 삐걱거리는 나무 바닥에서는 잊혔던 어린 시절이 되살아나고 숲의 새가 다시 돌아온다. 수학여행 간 딸의 일시적 부재에서는 "쪽빛보다 더 쪽빛인/…인해는 내 딸"(「쪽빛보다 더」)이라는 강한 자각이 일어나는데 이 또한 생명을 연속선상에서 바라보는 관점을 뒷받침한다. 부재는 곧 존재의 증거가 되기 때문이다. 시인의 이런 시선은 '실직'의 시련조차도 여유와 긍정의 회복으로 수용된다. "해파리 파도 타듯 미끄러지는 한나절"을 보냈을지언정 "이제(는) 누구와도 점심을 먹을 수 있"게 시간을 확보했다고 생각을 바꾸는 것이다(「실직」). '정년停年'은 또 어떤가. "밥은커녕 물도 굶는 꽃병의 꽃으로 옮겨 다니면서도 한 때

풀꽃이었다고 파르르 떨기도 하면서//밤낮의 경계가 지워진 세상을 걸었”(「꽃 진 자리」)던 시간이 있었다. 정년은 그러한 시간의 멈춤이자 “꽃 진 자리”이다. 꽃이 지면 열매라는 새로운 생명의 잉태로 존재 전환이 일어난다. 그것을 시인은 “웃자란 잎이 꽃이 되어 그림자 어룽거리며 아리게 여무는 중이”라고 표현한다. 무엇보다 전환과 갱신을 통해 존재가 이어진다는 시인의 생각은 “겨울이라고 다 죽은 건 아녀”(「봄을 마신다」)라는 문장에 모두 요약되어 있다.

3. 아버지의 등

시인에 의하면 존재는 소멸하지 않고 새로운 것으로 대체되거나 갱신된다. 또한 존재는 연속선 위에서 앞으로 나아가거나 몸을 바꾼다. 그러면서 한편으로 시인의 사유는 회귀하는 연어처럼 발생의 근원을 향해 거슬러 오르기도 하는데 그 발생 지점에는 고향과 부모가 있다. 가령, (“뭉툭한 더듬이로 한 생을 파내려간 아버지/바람의 흙벽에 스스로 갇힌 채/뜨거운 흙으로 나를 빚으셨다”「명암리 감자꽃처럼」). 특히 생물학적 근원으로서의 아버지에 대한 애착은 유별나다. 일반적 사고 속에서라면 모성이 사유될 자리를 ‘아버지’에게 할당한다는 점에서 이명열 시 세계에서 ‘아버지’의 존재감은 강력하다.

"네, 설암입니다"

전능하신 말씀 앞에서 세상의 모든 말들이 사라졌다.

(···)

잘 마른 호두를 와지끈 깨물던, 그리하여 세상의 모든 악운을 내던지고 오직 부드럽고 기름진 속살만을 골라내던, 아버지 이제 그 입속에 바위를 들이셨다.

(···)

호두껍질보다 단단하고 그 속살보다 기름지던 당신의 품에 기대면

오오, 마른 호두나무 이파리에서 때 아닌 겨울바람 부는데

저 산기슭 호두나무처럼 당신은 다시 푸르게 일렁일 것이다. 정월 보름 만월 아래에서 부럼을 깰 것이다. 바위 따위 퉤, 뱉어 낼 것이다

—「아버지는 단단하다」 부분

아버지에 대한 시인의 생각이 전면적으로 드러나 있다. 아버지는 "호두껍질보다 단단하고 그 속살보다 기름지던" 존재로 기억된다. 먼저 호두껍질의 단단함에 견주어진 아버지의 힘. 전사의 갑옷처럼 아버지는 '단단함'이라는 갑옷을 입

음으로써 가족과 자식들을 지키고 "세상의 모든 악운"을 막아줄 수 있다. 두 번째로 아버지가 갖춘 갑옷 속의 내적 부드러움. 아버지는 호두의 "부드럽고 기름진 속살"의 속성으로 자식들을 품어 키워주셨다. 그런 점에서 시인에게 아버지는 존재의 기반이자 거점으로서의 강력한 위상을 갖게 될 수 있었다. 그런데 그 아버지에게 "세상의 모든 말들이 사라"지는 암 진단의 통보가 온다. "아버지 이제 그 입속에 바위를 들이셨다"고 말할 때의 '바위' 이미지는 '아버지의 단단함/암의 강력함'이라는 이중적 의미를 환기시킨다. 그럼에도 불구하고 단단함의 상징인 아버지는 퇴락과 소멸의 운명을 알리는 신호 따위에 아랑곳하지 않을 것임을 믿는다. 부럼을 깨듯이 입안의 "바위 따위 퉤, 뱉어 낼 것"이라는 확신을 저버리지 않는다. 존재론에 대한 시인의 사유에 힘입어 "저 산기슭 호두나무처럼 당신은 다시 푸르게 일렁일 것이"기 때문이다.

> 쟁기 보습 같던 아버지는 더 안쪽에 두고
>
> –「빨간 구두」 부분

> 피사리 걱정으로 선잠 든 아버지 등판으로 숨어버릴까 망설여도 보는데
>
> –「초경」 부분

아버지, 다시 바지게 위에 산 보리수 붉게 얹어 오시면

–「고향 언저리」 부분

갈라진 논바닥으로 덜덜거리며 경운기 몰아대던 아버지

등짝 가득 저녁을 짊어지고 돌아오던 맺힌 데 없던 웃음

–「경운기가 엎어지는 자세」 부분

유별나다 싶을 정도로 아버지에 대한 애착이 크다고 앞서 말했다. 인용된 문장들에서 보듯 시인에게 아버지는 강하고 한편으로는 순후한 존재로 표현된다. 부지런하고 생활력이 강하며 건강하고 소박한 농사꾼이다. 그런 아버지에게는 '등판' 혹은 '등짝'이 있다. 아버지의 등은 지게도 짊어지고 하루의 햇살을 받들어 일하던 노동의 원천이면서 시인에게는 업히고 기대고 몸을 숨기고 싶은 의존의 자리였다. 삶을 지키고 이끌어주는 절대의 기둥이었다. 아버지라는 기둥은 시인의 고향과 더불어 유년의 내면풍경을 그리는 색의 삼원소 쯤 되잖았을까. 아버지의 색을 빼고서는 그의 유년이 제대로 그려지지 않을 것이기 때문이다. 그만큼 강한 존재감으로 자리 잡고 있던 아버지였는데 "몇 번의 겨울을 구급차로 건너온 아버지", "부축 없이 일어설 수 없는 당신"(「봄날은 간다」)에서 보듯 이제 아버지의 봄날은 가고 있다. 심지어 "다시는 일어날 것 같지 않은 경운기"(「경운기가 엎어지는 자세」)로 예감되듯 아버지의 등은 꺾이고 있다. 엎어져 수리가

불가능한 경운기는 "엎어지는 자세까지 아버지를 닮았다"고 말함으로써 아버지의 퇴락을 예표豫表하기에 이른 것이다. 하지만 아버지의 생애가 끝까지 봄날일 수 없는 것 아니겠는가.

4. 시의 맛

생명의 영속성은 어떻게 유지되는가. 그것은 존재가 몸을 바꿈으로써 가능한 일이었다. 시든 가을 쑥대 밑에서 '움쑥'이 돋아나듯이 존재는 새로운 몸으로 하여 생명을 이어간다. 아버지 대신 우리가 아버지의 그 나이가 되어서 "광덕산 호두쯤 가볍게 깨물 수 있"게 되는 것이다. 우리는 삶의 한가운데서 "쪽빛보다 더 쪽빛인" 존재의 확장을 신비롭게 바라보게 되는 것이다. 존재 너머에는 또 다른 존재가 이어짐을 준비하고 있다. 이것이 시인의 존재론적 사유방식이었다. 이런 사유방식은 누구에게나 적용되어도 좋을 만큼 포괄적이고, 누구든지 자기 인생을 표현하고 있다고 여길 만큼 구체적이다. 이명열의 시를 읽는 맛이다.

이명열의 시는 화살처럼 날아와 꽂혀서 독자를 찌르는 날카로운 아픔은 없다. 그러나 그것이 좋은 시의 조건도 아닐 뿐더러 시의 매력을 감쇄시키지도 않는다. 그의 시에는 날카로운 아픔 대신 오래가는 아픔이 있다. 여운처럼 번지는 눈물과 통증이 있다. 이명열의 시는 깃털 이불처럼 따스하고 포근한 기운으로 독자를 감싸지 않는다. 그러나 시가 온

통 따뜻한 기운으로 넘쳐나야 한다는 논리의 근거는 없다. 따스하고 포근한 기운 대신 겨울 햇살 같은 투명함이 있다. 그것들로 하여 삶의 얼룩과 무늬, 미소와 주름이 환히 보이는 것이다. 그에게도 이런 모습이 있었구나 하는 발견만으로도 우리에게는 그의 시를 읽는 기쁨을 누릴 수 있게 된다. 퍼즐을 맞추듯이 풍경들 속에서 숨은 그림을 찾아 읽는 맛이 만만치 않다.